불편한 편의점 필사집

불편한 편의점 필사집

김호연 지음

일러두기

1. 이 책은 김호연 장편소설 『불편한 편의점』, 『불편한 편의점 2』에서 독자에게 사랑받아온 문장을 발췌하여 필사 지면과 함께 구성한 필사집입니다.

2. 이 책에는 김호연 작가가 독자에게 추천하는 문장 8선과 집필 후기가 수록되어 있습니다.

3. 필사 문장 끝에는 책명과 에피소드 제목으로 출처를 표시했습니다. ❶은 『불편한 편의점』, ❷는 『불편한 편의점 2』를 가리킵니다.

청파동 골목의 작은 편의점 ALWAYS.
이곳에서 밤을 보낸 지도 꽤 됐다.

기도하듯 빈칸을 채워나가시길

청파동의 장사 안 되는 한 편의점에 관한 이야기는 지금으로부터 5년 전, 2020년 겨울이 시작될 무렵에 초고를 완성했습니다. 코로나 시대의 불편하고 갑갑한 날들 속에서 '겨우 살아가야겠다'라고 마지막 단락을 써 내려갔습니다. 힘겹게 살아가는 우리의 삶을 슬며시 엿볼 수 있는 이야기가 되길 희망하며 마침표를 찍었습니다.

그러나 이 초고는 출판사를 찾지 못한 채 계약 없이 집필했기에, 이제 책을 내줄 곳을 찾아야 하는 과제가 남았습니다. 소설의 원고를 완성하는 것과 책을 출간하는 일 사이에 커다란 빙하가 있음을 아는 저로서는 이 등정을 어떻게 마쳐야 할지 여전히 두렵고 막막했습니다.

그 무렵 전화 한 통이 걸려 왔습니다. 데뷔작『망원동 브라더스』와『연적』을 출간했던 나무옆의자 출판사의 이수철 대표였습니다. 오랜만에 안부를 나누던 중 그가 이렇게 물어왔습니다.

"작가님, 그런데 요새 소설은 안 쓰세요?"

당시 생계를 위해 시나리오 작업에 집중하던 저를 염두에 두고 한 질문이었습니다.

"시나리오 쓰며 틈틈이 작업한 소설 원고가 하나 있는데…… 검토해보시겠습니까?"

"예, 보내주세요."

전화를 끊자마자 저는 일주일 동안 부리나케 초고를 수정해 나무옆의자 출판사에 보냈습니다. 그리고 일주일 뒤 답이 돌아왔습니다.

"출간하시죠."

이듬해 봄에 출간된 이 소설은 수많은 독자 여러분의 사랑과 성원 덕에 2편까지 출간되었습니다. 밀리언셀러와 인터내셔널 베스트셀러로 거듭났습니다. 한 무명작가와 어느 작은 출판사가 뭉쳐 이뤄낸 놀라운 결과였습니다.『불편한 편의점』은 이 이야기를 귀신같이 알아보고 입소문 내고 주변에 건넨 독자 여러분이 완성해주신 소설로, 어느덧 우리 시대의 이야기가 되었습니다.

지난 5년간 이 이야기와 함께 많은 길을 걸었습니다. 전교생이 31명인 정선의 중학교에 찾아갔습니다. 경주의 중학교에는 태풍으로 취소된 일정을 다시 챙겨 깜짝 방문했습니다. 학생들이 이 책에 보인 관심과 사랑은 저를 놀라게 할 뿐 아니라 마음속 깊이 울먹이게 만들었습니다. 태어나 처음으로 끝까지 읽은 책이라고 자랑하던 남학생이 기억납니다. 고운 편지지에 감상을 적어 건넨 여학생이 기억납니다. 취미는 독서, 특별활동은 독서반 활동이 전부인 소심한 학생이었던 30년 전의 저를 이 교실에서 다시 만난 것입니다.

딸이 읽고 추천해서 읽은 뒤 독서 모임 친구들과 책을 나누었다는 엄마의 사연이 있었습니다. 아빠가 읽는 책이 궁금해 아들과 딸이 덩달아 읽고, 급기야 가족이 함께 책 수다를 떨었다는 근사한 이야기도 들었습니다. 지친 일상에 짓눌려 있을 때 직장 동료가 건넨 책이라는 말을 들었습니다. 인생의 힘든 시절을 지나고 있는 친구를 위해 책 속 한마디를 적어달라는 독자도 만났습니다. 제 책 속 문장 하나가 두 친구의 삶과 우정을 잡아줄 끈이 될 수 있게 단단히 펜을 쥐고 적었습니다.

대만의 한 서점 북 토크에서 만난 분은 멀리 떨어져 있는 아내에게 돌아가는 날 선물하고 싶다고 책 속 한마디를 써달라 부탁했습니다. 그분의 설렘을 느끼며 축하의 문장을 적어 내려갔습니다. 폴란드 바르샤바 도서전에서 만난 독자는 자신을 우크라이나 난민이라고 밝히며 책 속 문장을 적은 메모장을 보여주었습니다. 저는 무어라 한마디 못 하고 또 적었습니다. 삶은 어떤 의미로든 계속된다고, 궁극적으로 삶은 승리라고, 이야기 속 주인공의 마음을 담아 건넸습니다.

5년 전 홀로 쓴 이야기를 독자 여러분과 함께 써 내려가고 싶어 『불편한 편의점 필사집』을 출간합니다. 문장의 길을 차근차근 밟으며 다시 한번 감동을 채우고 느끼시길 바랍니다. 퇴근길 편의점에서 필요한 물건을 사며 삶을 충전하는 사람들처럼, 필사를 통해 자신을 돌보며 하루를 마무리하셨으면 합니다. '쓴다는 것은 기도의 한 형식'이라고 카프카가 말했다죠? 기도하듯 빈칸을 채워나가시길.

『불편한 편의점』 속 여러분의 이야기가 삶의 순간순간에 반듯이 새겨지길 기원합니다.

2025년 겨울의 초입, 김호연 드림

차례

3부 우리의 작은 공간

4부 편의점 너머로

(1부)

밤을 건너는 사람들

깊고 어두운 밤을

건너는 사람에게

저 멀리 불빛이 있다고

말하는 문장들

들어주면 풀려요

"내가 말이 너무 많았죠? 너무 힘들어서…… 어디 하소연할 데도 없고…….
독고 씨가 들어줘서 좀 풀린 거 같아요. 고마워요."

"그거예요."

"뭐가요?"

"들어주면 풀려요."

선숙은 눈을 똥그랗게 뜨고 자기 앞에 선 사내의 말을 경청했다.

"아들 말도 들어줘요. 그러면…… 풀릴 거예요. 조금이라도." **1** 삼각김밥의 용도

일도 삶도 참으로 안 풀리던 시절을 버틸 수 있었던 것은 저의 이야기를 들어준 친구와 선배 덕이었습니다. 시나리오 회의에서 재능의 한계만 접하고 좌절한 저녁, 술을 사주며 위로해준 선배. 이기적인 걸 넘어, 내 삶을 위협한다고 느끼게 만드는 사람과의 갈등에 대한 고백을 묵묵히 들어준 친구. 나보다 앞서가는 세상에 지치고 화나 지껄인 말을 들어주고, 함께 맞장구쳐준 또 다른 친구가 있었습니다. 어느 순간 저는 하소연할 일이 있으면 그들을 찾아가 주저리주저리 털어놓곤 했습니다. 그들과 함께 한바탕 떠들고 나면 저도 모르게 마음이 가벼워졌습니다. 그것이 치유의 방식이란 건 나중에나 알게 되었지만요.

결국 대부분의 문제는 감정적인 것이고 누군가 귀 기울여 공감해주면 감정은 회복되었습니다. 정말 "들어주면 풀려요"였습니다. 그렇게 풀리고 나면 집중해야 할 문제가 명확히 보였기에, 저는 다시 일어나 문제를 해결하러 인생의 고해苦海로 뛰어들 수 있었습니다.

01 선생님과 도시락

"……저요."

사내의 웅크린 듯한 목소리가 들려왔다. 염 여사는 변명하는 학생을 상대할 때처럼 목소리에 힘을 주었다.

"말씀하세요."

"저…… 선생님. 배가 고파서요……."

"그래서요?"

"편의점…… 도시락…… 아, 안 돼요?"

순간 염 여사의 마음에 미열이 일었다. '선생님'이라는 호칭과 '도시락'이라는 단어가 그녀를 한결 너그럽게 만들어주는 걸 느낄 수 있었다.

"그러세요. 도시락 사 드시고요, 목마를 테니 음료수도 같이 사 드시고 계세요."

"고, 고마워요."

그렇게 평생 사장이나 자영업과는 거리가 멀었던 염 여사가 편의점 경영에 신경을 쓰게 된 것은, 이 사업장이 자기 하나만을 위한 것이 아니라 직원들의 삶이 걸린 문제라는 걸 깨닫고 나서부터였다.　**1** 산해진미 도시락

마음속 한 문장

“휴. 엄마 나 외로워. 누나도, 엄마도, 왜 날 더 외롭게 하는 거야? 가족이?
대체 왜?”

“술주정하는 거면 전화 끊어라.”

“엄마―.”

전화를 끊고 염 여사는 주방으로 향했다. 심장이 기름 튀는 불판에 올려진
것처럼 아팠다. 통증이 지글거리는 소리를 내며 가슴 전체를 압박해왔다.
그녀는 냉장고를 열고 캔맥주를 따서 벌컥벌컥 들이켰다. 가슴의 불을, 심장
의 고통을 끄기라도 할 기세로 마시다 보니 사레가 들려 캑캑거려야 했다.
술 취한 아들의 흰소리를 잊기 위해 술을 마시는 자신의 모습이 한심했다.
어떡해야 할지 정말 모르겠다.

1 산해진미 도시락

마음속 한 문장

04 마흔넷 인생

어디서부터 잘못된 것일까? 성실하게 살아온 마흔넷 인생이었다. 그저 그런 대학을 졸업한 후 그 어렵다는 제약 영업부터 시작해 보험, 자동차, 인쇄 제지, 의료기기까지 영업직에서 한눈 한 번 팔지 않고 경력을 쌓았다. 애초에 흙수저였고 재주도 별 볼 일 없는 걸 알기에 성실함과 친절함을 무기로 싸워나갔다. 거래처에서 만난 네 살 어린 아내와 결혼하고 쌍둥이를 낳았을 때는 흙수저의 수저질도 아름다울 수 있구나, 생각했다. 금수저를 쥐고 태어난 놈들보다 값진 인생이라 자부하던 시절도 있었다는 말이다.

1 원 플러스 원

시간은 그 차이를 알려주었다. 스타트라인부터 앞선 놈들은 해가 거듭할수록 여유가 생겼고 능력과 돈을 축적할 수 있었다. 반면 이제 경만은 탄약이 고갈되어 곧 맨몸으로 돌진해야 하는 참호 속 병사가 된 심정이었다. 아무리 벌어도 써야 할 돈은 늘어만 가는 반면 자신의 체력은 갈수록 깎여나가는 게 느껴졌다. 유일한 장점이던 성실함과 친절함의 바탕은 체력이었고, 나이가 들어가며 달리는 체력은 성실함과 친절함을 무능력과 비굴함으로 변화시켰다. 체력은 정신력조차 지배하게 되어 멘탈이 털리는 날이 늘어났고, 곧 대표와 동료들의 무시로 돌아왔다. **1** 원 플러스 원

마음속 한 문장

06 트라우마를 직면하다

책상 앞에서 일어난 인경은 휴대폰을 든 채 창가 의자로 향했다. 받기를 주저하는 인경의 마음이 전화 진동처럼 떨리고 있었다. 곧 진동이 멈추고 나면 김 대표와의 인연도 확실히 끝날 것이다. 지이이잉, 지이이잉. 그때 트라우마를 직면해야 한다고 독고 씨를 다그치던 며칠 전 자신의 모습이 떠올랐다. 인경 역시 자신을 돌아봐야 했다. 지이이잉, 지이이잉. 그녀는 통화 버튼을 힘껏 눌렀다.

1 불편한 편의점

마음속 한 문장

천천히 떠올린 생각들

DATE   .   .

07 자잘한 불운의 고개

민식의 생각은 여기서 멈췄다. 그 이후 넘어온 자잘한 불운의 고개를 세는
건 더 이상 의미가 없었다.

1 네 캔에 만 원

마음속 한 문장

08 고통의 추

"당신 어머니 요 며칠 계속…… 아프시다고. 그런 어머니 돌보진 못할망정…… 날 자르면 편의점 야간 일…… 어떡하려고? 또…… 엄마 시키려고? 사람이라면 그게…… 가능해?"

텅. 무언가가 민식의 몸속 어딘가에 낙하했다. 고통의 추가 내장을 관통해 바닥으로까지 그의 몸을 끌고 가는 게 느껴졌다. 민식은 엄마가 아픈 것도, 엄마가 자신에 대해 그런 식으로 남에게 말한다는 것도 몰랐다. 사내가 판결문 읽듯이 숨을 골라가며 진술한 말들이 무거운 추가 되어 민식을 심해의 어두운 곳으로 끌고 들어가는 듯했다.

"당신이 아들이면…… 이래서는 안…… 되잖아."

"으음…… 으으……."

1 네 캔에 만 원

09 곽은 부끄러웠다

"가족들이 널 싫어한다고 그랬지?"

"그렇다니까⋯⋯ 왕따야⋯⋯."

"안타깝네. 근데 내가 니 자식이라도 그럴 것 같아. 너처럼 떠들어대면 누가 좋아하겠니?"

"이 자식 보게, 이거. 내가 내 입으로 떠들지도 못하냐?"

눈을 치뜨고 따지는 황을 보며 곽은 짧은 한숨을 내뱉고 되받아쳤다.

"뭘 떠드는데? 뭘 알고 떠들어? 니가 요즘 애들처럼 공부를 많이 했어? 아니면 책을 많이 읽었어?"

"야! 내가 산전수전 겪으며 살아온 게 있는데, 그 따위 공부가 뭐 대단하다고! 진짜 너 왜 젊은것들 편만 들어? 자식들이 뭐라던? 너 대체 누구 편이야?"

[⋯]

곽은 부끄러웠다. 친구가 부끄러웠고 별다를 바 없는 자신도 부끄러웠다. 그는 자리에서 일어나 옆에 놓인 황의 마스크를 들어 자신을 올려다보는 황의 입에 다짜고짜 씌웠다.

1 폐기 상품이지만 아직 괜찮아

하루 24시간씩 일주일 아니, 언제나 한 가지 생각에만 빠져 있다면? 그 한 가지 생각이 고통으로 점철된 기억이라면? 고통에 흠뻑 잠긴 뇌는 점점 무거워지는데 떨쳐버리지 못한 채 그대로 망망대해에 빠지게 된다면, 뇌는 커다란 추가 되어 거대한 심연 속으로 당신을 끌고 들어갈 것이다. 그리고 머지않아 당신은 다른 방식으로 숨 쉬고 있는 자신을 발견하고야 만다. 코도 입도 아가미도 아닌 것으로 숨을 쉬며 사람이라고 우기지만 사람 아닌 존재로 살 뿐이다. 고통의 기억을 잊으려 허기조차 잊고 술로 뇌를 씻어보려 하지만 그러다 보니 대부분의 기억을 휘발시켜버리고 이제 내가 누구라고조차 말할 수 없는 지경이 되어버린다.

1 ALWAYS

마음속 한 문장

11 가족을 지키고 싶었다면

얼마나 시간이 흘렀을까? 아내의 목소리가 들려왔다.

"우리를 지켜주고 있다고 생각했어?"

고개를 들자 병상에 기댄 그녀의 푸석한 얼굴이 눈에 들어왔다.

"우리를 지켜주기 위한 일…… 더 이상 하지 않아도 돼."

"……무슨 말이야?"

그녀가 눈을 감았다. 나는 말없이 숨을 골랐다.

"가족을 지키고 싶었다면, 가족에게 솔직했어야 했어."

그녀는 진실을 묻고 있었다. 여전히 나는 대답할 수 없었다. 내 입으로 내가 저지른 일들을 말하는 순간 그녀가 판결을 내릴 것 같았기 때문이었다. 나는 아무 말도 할 수 없었다.

12 차이와 거리

선숙은 이제 아들을 닦달하지 않는다. 안정적인 고시 같은 걸 보라고도 안
한다. 결혼하라는 말도 안 하기로 했다. 아들 세대 앞에 놓인 세상 형편이
자신이 젊을 때의 기준과 다르다는 걸, 아들의 설명을 듣고 인정한 뒤에 일
어난 변화였다. 자신과 분리되려는 아들의 모습을 두려워했지만 이제는 서
로의 차이를 알게 되었고, 거리를 지키게 되었다.　2 점장 오선숙

천천히 떠올린 생각들

DATE   .   .

13 관찰자의 시점

막무가내. 어찌 보면 자신의 지난 삶에서 선숙이 일을 해결하는 방식이었다. 남편과 아들을 대할 때도 그런 면이 없지 않았다. 신중하게 처리해야 하는 일들이 있고, 그때는 '나'가 아니라 관찰자의 시점으로 자신의 사안을 바라봐야 한다고 배웠다. 누구에게? 영숙 언니에게. 아들과 대화의 물꼬를 튼 시점에서 얼마 안 지나 다시 성질이 끓어오르던 찰나, 그녀의 주의 깊은 조언으로 아들에게 막무가내 따지는 버릇을 잠재울 수 있었다. **2** 점장 오선숙

14 믿지 않아도 호의를 베푸는 것

"엄마. 점장 되고 관리하느라 그러는 건 알겠는데, 사람들 많이 신경 쓰지 마. 엄마만 힘들어. 인간관계, 거리 딱 두는 게 좋더라고. 동료든 친구든."
'가족은 어떻더냐?'라고 물으려다 참았다.
아들 말이 맞다. 선숙도 한때 사람 따위 믿지도 챙기지도 않았다. 믿을 건 개들뿐이라고, 방송 프로그램 제목처럼 개만이 훌륭하다고 믿었다. 하지만 굳이 믿지 않아도 호의를 베푸는 게 가능하다는 걸 지금은 알고 있다.

❷ 점장 오선숙

마음속 한 문장

15 서울살이, 서울 살인

정말이지 '서울살이'가 아니라 '서울 살인'이다.

지방에서 올라와 홀로 생계를 꾸려야 하는 자신 같은 사람에게 서울은 늘 자격을 묻는 듯했다. 네가 천만 명이 사는 세계적인 도시에서 살 능력이 있어? 무리하지 말고 고향에서 적당히 살지 그래? 서울은 아무나 와서 사는 그런 곳이 아니야, 라고 비웃는 듯했다. 불빛으로 가득한 대도시는 화려함 그 자체였지만, 소진은 그 빛의 장벽의 그림자 아래 웅크리고 사는 기분이었다.

2 소울 스낵

마음속 한 문장

취준생 3년 차에 접어드는 소진은 그동안 수많은 면접에서 떨어졌다. 서른 번이 넘고 나서는 더 이상 낙방 횟수를 세는 걸 포기했다. 학점도 스펙도 나쁘지 않았다. 영어 성적은 최상급이었고 프리토킹도 가능했다. 하지만 구직 전선에서는 점점 후퇴해 밀려나고 있었다.

1년 차 때는 면접에서 많이 떨어졌다. 2년 차에는 서류 전형에서도 많이 떨어졌다. 3년 차인 지금은 어디서부터 얼마나 떨어질지 가늠도 안 됐다. 딱지가 앉은 거 같아도 늘 쓰라렸다. 그렇게 떨어지고 떨어지다 보면 서울에서도 떨어져 나가겠지. 멀리 더 멀리 떨어져 나가 목포의 고향 동네로 돌아가겠지.

어쩌면 소진은 그날이 올 때를 기다리며 무모한 도전을 이어가는 듯했다. 그렇게 완전연소 하고 나면 귀향해도 후회가 없을 거란 명분, 그 명분이 소진을 서울에서 버티게 하는 이상한 원동력이 되어주고 있었다. **2** 소울 스낵

마음속 한 문장

거기에 소주가 더해진 건 대학을 졸업하고 첫 인턴으로 들어간 회사에서였다. 팀장은 회식자리 술 실력도 경쟁력이라며 인턴들에게 술 권하는 걸 당연하게 여기는 사람이었다. 마치 자기 같은 주당에게 술 배우는 걸 고마워하라는 듯 소주에, 맥주에, 그걸 탄 소맥까지 계속 권했다. 소진은 인정받기 위해 애써 마셨다. 맥주나 몇 잔 먹던 술 실력이 느는 건 그때 경험 때문이었다. 하지만 팀장은 열심히 음주 경쟁력을 쌓은 소진 대신 술은 약해도 술자리 분위기를 주도하던 미녀 인턴 동기를 정직원으로 남겼다.

그래서였을까, 소주의 그 쓴 기운이 소진의 쓰디쓴 탈락을 공감해주는 듯 느껴졌다. 한편으로 아빠도 그렇게 술을 마셔대며 사회생활을 했겠거니 하는 생각에, 녹색 술병 속에서 아빠의 얼굴을 마주하곤 했다. **2** 소울 스낵

18 아들이 밤늦게 오는 이유

아들이 밤늦게 오는 이유는 한남동에서 집까지 걸어와서라고 했다. 열 시에 장사를 마치고 뒷정리를 하면 열한 시가 넘는데, 차비도 아낄 겸 운동 삼아 밤거리를 걸어왔다고 했다. 이태원과 녹사평을 지나 삼각지를 통과해 남영동으로, 다시 청파동으로 오는 그 밤거리를 걸으며 아들도 많은 생각을 했겠지. 최 사장은 아들의 퇴근길 밤거리가 눈앞에 그려져 다시금 눈두덩이가 후끈 달아올랐지만, 꼰대답게 더욱 눈에 힘을 주었다. **2** 꼰대 오브 꼰대

천천히 떠올린 생각들

DATE   .   .

19 슬픔이란 이렇게

둘의 언성이 빗발처럼 거세졌다. 결국 밥을 남긴 채 민규는 일어나야 했다. 보아하니 오늘도 긴 싸움이 될 듯했다. 진짜 말도 안 되는 거 가지고 싸우는 게 중딩들만도 못한 거 같았다. 그리고 서민준은 왜 내기 골프인지를 쳐 가지고 엄마도 화나게 하고 아빠도 돌게 만드는지 모르겠다.

비는 더 심해져 장우산을 쓰고 나왔음에도 반바지까지 다 젖고 있었다. 우르르 쿠쿠!! 천둥 치는 소리가 마치 엄마 아빠가 서로를 향해 터뜨리는 고함 같았다. 슬픔이란 이렇게 비처럼 내리고 천둥처럼 울리는 것일까?

❷ 투 플러스 원

20 한여름 밤 편의점

손님이 없는 한여름 밤 편의점은 냉장고 같다. 밤의 고요 속 쉼 없이 일하는 냉장고처럼, 편의점도 스물네 시간 멈추지 않고 가동된다. 냉기를 만들어내기 위해 냉장고에 컴프레서가 있듯 편의점에는 수익을 만들어내기 위해 점원이 있다. 그리고 컴프레서가 웅, 윙, 웨엥, 같은 동작음을 내듯이 근배 역시 수시로 소리를 냈다. 어우, 아하, 휴. 물건을 진열할 때도, 잠을 쫓기 위해 기지개를 켤 때도, 짬을 내 책을 읽다가도 근배는 소리를 냈다. 마치 살아 있다는 걸 확인시키듯, 마치 냉장고에 갇혀 있다는 걸 알리기라도 하듯 근배는 혼잣말을 했다. 그러면 손님이 들어와 이 밤에 깨어 있는 점원의 존재 이유를 입증해주기라도 할 것처럼.

근배의 그런 무의식적인 노력에도 불구하고 청파동 ALWAYS편의점의 새벽은 참으로 적막했다. 손님이 너무 없어 냉장고가 아니라 북극이라고 해도 될 법했다. 이러다 얼어 죽는 건 아닐까? 정말이지 이곳은 근배의 무한 긍정도 녹아내리는 빙산처럼 허무하게 만드는 곳이었다.

2 밤의 편의점

21 여유를 나눌 친구

민식은 자신이 사람을 항상 목적을 갖고 대했다는 걸 느꼈다. 그냥 수다만 떨어도 이렇게 몸과 마음이 편안해지고 삶의 의욕이 생기는데! 어쩌면 민식에게 필요한 건 이런 여유를 나눌 친구라는 존재가 아니었을까?

2 오너 알바

마음속 한 문장

아들과의 전화를 끊고 나서 잠깐 휘청했다. 다행히 벽을 짚은 뒤 천천히 걸음을 옮겨 베란다로 향했다. 베란다에 놓인 갈색 캠핑 의자에 앉으니 녹음으로 가득한 정원이 한눈에 담겨왔다. 지난해 여름에도 여기서 이 아름다운 정원을 바라보던 기억이 났다. 아들의 전화를 기다리며. 하지만 아들은 정원 끝 감나무가 가을의 결실을 뽐낼 때도, 낙엽이 쌓인 정원에 하얀 눈이 내려앉을 때도 연락이 없었다. 안 풀리는 삶에 지쳐 자포자기한 걸까? 코로나 후유증으로 여전히 몸이 불편한 걸까? 마음 나눌 사람이 곁에 없어 답답한 걸까? 아니면 잔소리 많은 엄마가 옆에 없어서 편한 걸까?

수많은 질문과 그 질문에 담을 마음의 소리가 있었지만 나는 침묵했다. 그것이 아들을 위해서인지 나 자신을 위해서인지 모르겠다. 다만 우리 둘 모두 고난의 계절을 보내고 있다는 점은 분명했다. 1년 하고도 4분의 1의 시간 동안 나는 이곳에서 혼자 아닌 혼자가 되어가고 있었다. 비대면의 시절 때문만은 아니었다. 진즉에 필요한 날들이었으나 챙기지 못해 결핍된, 어떤 성분이 담긴 시간에 온몸을 담가야 했다.

마음속 한 문장

23 진짜 삶

어쨌거나 삶은 계속되고 있었고, 살아야 한다면 진짜 삶을 살아야 했다. 무의식적으로 내쉬는 호흡이 아니라 힘 있게 내뿜는 숨소리를 들으며 살고 싶었다.

2 ALWAYS

자갈치 아니고 가물치

소진은 대답 대신 유리문을 있는 힘껏 열어젖혔다. 사우나 같은 열대야의 밤으로 걸어 나갔다. 열기와 객기를 연료로 삼고 싶었다. 그러자 누구 하나 함부로 굴면 가만두지 않겠다는 오기가 끓어올랐다. 진짜 가물치가 된 듯했고 자정의 어둑한 골목길도, 남영역 굴다리도 전혀 무섭지 않았다. 아빠가 일하다 돌아가신 낯선 이 도시도 더 이상 두렵지 않았다.

소진은 밤하늘을 올려다보고 걸으며 아빠에게 말을 걸었다.

"아빠, 자갈치는 생선이 아니라 문어야."

아빠는 답이 없었다.

"그걸 알고 얼마나 신기했는지 아빠에게 알려줘야지 하고 있었는데, 그 주에 아빠가 집에 내려오지 않았어. 그래서 얘기해줄 수가 없었네."

아빠는 답이 없었다.

"이후로도 얘기할 기회를 찾을 수가 없었는데, 이제야 알려드려요. 자갈치는 문어 과자예요."

아빠는 답이 없었다.

"그리고 아빠 딸도 이제 자갈치 아니고 가물치가 될게."

아빠가 우리 딸 장하다고 답했다.

이 추천 인용구에는 세 가지 에피소드가 담겨 있습니다. 먼저 '자갈치와 가물치 헛갈리기'는 '가물치전'이라는 만화의 제목이 편집자의 착각으로 '자갈치전'으로 바뀌어 출간된, 90년대 만화계의 유명한 에피소드에서 나왔습니다. 두 번째, 자갈치가 생선이 아니라 문어라는 사실은 제가 소설에 참고하기 위해 실제로 자갈치 과자를 먹던 중 깨달은 것입니다. '뭐야, 이거 생선이 아니고 문어잖아!' 저는 아르키메데스처럼 유레카를 외치며 이를 즉시 작품에 반영했습니다. 마지막으로 이 인용구를 쓰며 작가도 울었다는 사실을 전합니다. 누구나 밤하늘을 올려다보고 걷다 보면 말을 걸고 싶어지는 사람이 있기 때문이지요.

천천히 떠올린 생각들

DATE   .   .

(2부)

다정한 언어는
천천히 도착한다

둘 곳 없는 마음을 돌보러

저기 모퉁이를 지나

느리게 다가오는 문장들

궤도 수정

"아니야, 그렇게 생각하지 마. 이제부터 생각도 행동도 궤도 수정을 해봐. 긍정적으로다가. 아까 말했지만 아저씨도 진짜 답 없는 청소년기를 보냈거든. 그런데 책을 읽고 꿈이 생기고 그래서 그거에 매진하게 됐다고. 지금은 잠깐 불시착이지만 말이야, 언젠간 내 꿈의 무대에 서게 될 날이 올 거라고 믿는다고."

2 투 플러스 원

"작가님은 언제 어떻게 작가의 꿈을 꾸셨나요? 학창 시절에 재능을 보인 적이 있으신가요?"

독자와의 만남에서 자주 들은 질문입니다. 그동안 똑 부러진 답을 드리지 못했는데, 필사집을 위해 '궤도 수정' 부분을 다시 읽은 지금에야 답을 드릴 수 있게 되었습니다.

고교 시절 문학 선생님은 첫 수업에서 지금까지의 자기 인생을 정리한 에세이를 한 편씩 써 오라는 숙제를 내줬습니다. 당시 핵심 과목인 영어와 수학에서 그다지 자랑스럽지 못했던 저는 국어와 문학에서라도 점수를 만회하고자 열심히 숙제를 완성해 제출했습니다.

다음 주 문학 수업, 선생님은 먼저 숙제 미제출자를 벌하고, 제출자들의 작품에 대한 총평을 내린 뒤, 이제 제출된 작품 중 한 편을 읽고 수업을 마치겠다고 했습니다. 그러고 나서 제가 제출한 숙제, 그러니까 원고지 스무 장 분량의 글을 낭독하기 시작했습니다. 에세이의 내용이 부끄러워 마음이 오그라들었고, 그에 더해 제가 쓴 게 밝혀질까 두려워 그야말로 책상 밑으로 숨고 싶은 심정이었습니다.

선생님이 그 긴 글을 끝까지 다 읽은 것도 놀라웠지만, 까무러칠 만한 일은 낭독이 끝나자마자 교실 안에서 일제히 박수가 터진 것입니다. '아니, 이 원숭이 같은 놈들이 감동할 줄도 알다니. 그것도 내 글에? 미친 거 아냐?' 하지만 저는 고개를 숙인 채 선생님이 제 이름을 호명하지 않기만을 간절히 기도했습니다. 제 마음을 아는지 선생님은 "글은 이렇게 쓰는 거란다"라고 말한 뒤 교실을 나갔습니다. 그때였습니다. 저는 비밀을 간직한 채 어쩌면 제가 또 괜찮은 글을 쓸 수 있을 거란 생각을 품었습니다.

참, 그 에세이의 제목은 〈궤도 수정〉입니다.

24 푸른 언덕

"근데…… 여기…… 어디죠?"

"여기? 청파동. 푸른 언덕."

"푸른…… 언덕…… 좋네요."

1 산해진미 도시락

25 경우와 배려

"재밌는 사람이야. 경우가 있어서 노숙자라고는 믿기지가 않네."

"제가 보기엔 그냥 노숙잔데…… 지갑에 혹시 없어진 거 있나 보세요."

염 여사가 파우치를 열고 살폈다. 모든 게 그대로다. 시현을 향해 그것 보라
는 듯 웃던 염 여사가 문득 지갑에서 신분증을 꺼내 들어 보였다.

"달라 보이니?"

"똑같으신데요? 흰머리 조금 빼곤 하나도 안 늙어 보이세요."

염 여사는 직접 주민등록증의 증명사진을 자세히 들여다보았다.

확실히 증명사진과 지금의 자신은 꽤 달라 보였다.

"분하지만 그 사람 말이 맞네."

"예?"

"경우가 있어. 시현이 넌 배려가 있고." **1** 산해진미 도시락

26 편의점 야외 테이블

늦가을의 스산한 기운이 따뜻한 캔커피에 녹는 기분이었다. 여름에는 맥주를 마시는 손님들이 떠들거나 담배를 피워대 민원도 들어오고 쓰레기도 함부로 버려 관리가 힘들지만, 편의점 야외 테이블은 확실히 동네의 쉼터이자 작은 여유가 있는 곳이다. 그녀가 수차례 민원과 직원들의 불평에도 이곳을 없애지 않은 이유였다.

"날이…… 춥죠?"

유령이 옆에서 휘파람 소리라도 낸 듯 염 여사는 놀라서 사내를 쳐다보았다. 식사 내내 한 마디도 없기에 그가 대화를 싫어하는 걸로 여긴 그녀는, 이름을 묻는 것도 포기한 참이었다. 그런데 먼저 안부를 물어주니 다시 흥미가 돋았다.

"그러네요. 날이 추워질 텐데…… 그쪽은 계속 서울역에 있을 거예요?"

"추워지니까…… 더 거기 있어야죠."

1 산해진미 도시락

27 먼저 스스로를 도우세요

"독고 씨. 먼저 스스로를 도우세요."

그가 면구스러운 표정을 지으며 고개를 숙였다. 뭐 이런 걸로 주눅이 들 것까지야.

"그리고 도시락을 먹게 해주는 건 독고 씨를 조금이라도 돕고 싶어서예요. 그러니 여기서 소주를 먹는 걸 가만둘 순 없어요."

"……."

"도시락은 안주가 아니라 끼니예요. 독고 씨가 술 취하는 걸 내가 도울 순 없습니다."

"한 병…… 가, 간에 기별도 안 가는데……."

"어쨌든! 난 원칙이 있는 사람이에요. 이 야외 테이블은 내 소유고, 여기서 소주는 허락할 수 없으니 그렇게 알아요."

1 산해진미 도시락

28 나를…… 믿을 수 있어요?

염 여사는 독고 씨의 눈을 똑바로 응시하며 답을 기다렸다. 독고 씨는 시선을

피한 채 곤란한 듯 광대를 연신 씰룩이다가 작은 눈을 돌려 그녀를 살폈다.

"저한테 왜…… 잘해주세요?"

"독고 씨 하는 만큼이야. 게다가 나 힘들고 무서워 밤에 편의점 못 있겠어

요. 그쪽이 일해줘야 해요."

"나…… 누군지…… 모르잖아요."

"뭘 몰라. 나 도와주는 사람이죠."

"나를 나도 모르는데…… 믿을 수 있어요?"

"내가 고등학교 선생으로 정년 채울 때까지 만난 학생만 수만 명이에요. 사

람 보는 눈 있어요. 독고 씨는 술만 끊으면 잘할 수 있을 거예요."

1 산해진미 도시락

29 겁나셨구나

선숙은 허겁지겁 자신의 이야기를 털어놓았다. 아울러 자신의 눈가가 촉촉해지는 것을 느꼈고, 사내에게 이 모습이 어떻게 비칠지가 그제야 떠올라 애써 눈물을 참았다. 사내는 광대를 씰룩이며 잠시 골똘하게 생각하다가 갑자기 선숙을 향해 은근한 미소를 지어 보였다.

"겁나셨구나. 아들이…… 아버지처럼 될까 봐."

1 삼각김밥의 용도

천천히 떠올린 생각들

DATE   .   .

30 함께 닭을 뜯으면 그게 가족

무엇에 기뻐했냐고? 치킨에? 아빠에? 무엇이든 상관없었다. 함께 닭을 뜯으면 그게 가족이었다.

1 원 플러스 원

31 둘만의 대화

그로부터 한 시간 동안 민식은 엄마와 맥주를 마셨다. 냉장고에 있던 에일 맥주 네 캔을 모두 마신 것이다. 엄마와 마주 앉아 대작을 한 건 그의 생애 처음 있는 일이었다. 엄마가 술을 마신다는 것도 낯설었고 둘만의 대화가 지속된다는 것도 신기했다. 지난 몇 년간 민식은 엄마에게 늘 무언가를 요구했고, 엄마는 그것이 무엇이든 거부했으며, 대화는 더 이상 지속되지 못했기 때문이다. 그런데 지금 민식은 엄마와 적당히 취해 온갖 이야기를 나누고 있었다.

1 네 캔에 만 원

마음속 한 문장

32 잠든 엄마의 모습

집에 돌아와 보니 엄마는 식탁에 발그레한 얼굴을 묻고는 낮게 코를 골며 잠들어 있었다. 한동안 민식은 잠든 엄마의 모습을, 검은 머리보다 흰머리가 더 많은 조그마한 여인을 말없이 내려다보았다. 그러다 엄마를 들어 안방으로 향했다. 엄마의 몸은 가벼웠고 아들의 마음은 무거웠다.

1 네 갠에 만원

33 궤도에서 이탈하고야 깨우친 것

역지사지. 나 역시 궤도에서 이탈하고 나서야 깨우치게 된 단어다. 내 삶은 대체로 일방통행이었다. 내 말을 경청하는 사람들이 널려 있었고, 남의 감정보다는 내 감정이 우선이었으며, 받아들이지 않는 자는 내치면 그만이었다. 가족도 마찬가지였을 것이다. 생각이 거기에 이르자 비로소 얼마 전 궁금증이 해소되었다. 소통 불가라고 내게 말한 사람은 딸이었다. 딸의 얼굴이 기억나려 한다. 눈물이 나려는 걸 참는다. 소통 불가에 일방통행인 나를 아내는 받아줬다. 오랜 시간. 나는 아내가 내 말에 수긍하는 줄 알았지만 그게 아니라 아내는 나를 견뎌주었을 뿐이었다.

1 ALWAYS

마음속 한 문장

34 사람은…… 연결돼 있어

"너한텐…… 사람이 물건이고 폐기물이지……. 돈이 되면 물건이고…… 돈이 안 되면 폐기물……."

"니가 그걸 잘했지. 그래서 고용했던 걸로 아는데."

"하지만…… 사람은 그런 게 아냐. 사람은…… 연결돼 있어. 네가 그렇게 따로 떼어내…… 함부로 처리하는 그런 게…… 아니라고."

1 ALWAYS

35 제가 넋이 나갔습니다

그가 특유의 침묵 모드에 들어갔다. 괜한 말을 했나 후회가 들 찰나 곽 선생이 고개를 들어 그녀를 살폈다.

"부끄럽군요."

"……뭐가요?"

"갑자기 온 딸을 보고 선뜻 용기가 나지 않았습니다."

선숙이 혀를 차는 소리가 마스크를 뚫고 나오자 곽 선생이 눈을 끔뻑이고 덧붙였다.

"가족도 손님처럼 대하라고 누가 그랬는데, 그게 몸에 배서인지 진짜 가족도 손님처럼만 대했나 봅니다. 제가 넋이 나갔습니다."

"아이고야."

2 점장 오선숙

마음속 한 문장

천천히 떠올린 생각들

DATE   .   .

36 우리 포기하지 말자

"겁이 나."

아내가 그의 말에 집중해주는 게 느껴졌다. 최 사장은 그동안 말하지 못했던 마음을 털어놓았다.

"모든 게 걱정이야. 내가 꼰대라 욕먹어도 소신을 지켜야 가게도 가족도 지킬 수 있다 생각했다고…… 그렇게 살아왔고……. 그런데 이제 그게 안 통하니 더 겁나고 두렵다고."

아내가 그의 손을 잡았다. 최 사장은 눈을 똑바로 뜨려 애썼다.

"걱정 말아요. 내가 있고 자식들이 있잖아. 우린 늘 당신 편이었어. 당신이 혼자 앞서갔고, 우린 쫓아가느라 지쳤을 뿐이야. 이제 당신 지쳤으니 바통을 좀 넘겨. 고집 좀 그만 부리고."

"그렇게 하면 가게 좀 나아질까? 망하지 않을 수 있겠냐고?"

"지금보단 나아질 수 있어. 승민 아빠, 우리 포기하지 말자. 가게도, 자식들도."

아내가 잔을 들었다. 최 사장도 자신의 잔을 들었다.

2 꼰대 오브 꼰대

마음속 한 문장

37 자기에게 있는 세 가지

"있잖아. 이런 말 식상하겠지만, 너는 꿈이 뭐니?"

"전 그냥 책 읽고 역사 유튜브 보는 게 좋은데, 엄빠가 그건 꿈이 아니래요. 형처럼 판검사가 되는 꿈을 가져야 한다고 했어요."

"밍기뉴."

"네."

"나이가 들수록 자기에게 있는 세 가지를 잘 파악해야 한다더라. 먼저 내가 잘하는 일을 알아야 하고, 그다음 내가 하고 싶은 일을 알아야 하고, 마지막으로 내가 해야 하는 일을 알아야 한다더라고."

"음……."

2 투 플러스 원

38 그동안 얼마나 잘 견뎌왔는지

"……오늘 투 플러스 원 뭐 있어요?"

"오늘? 가만있자, 이번 주부터 음료 쪽이 투 플러스 원이 많던데…… 너 지금 찬 거 먹음 안 돼. 오케이! 컵라면 어때?"

"컵라면도 투 플러스 원 있어요?"

"하나만 드셔. 얼마든지 여기 있어도 좋으니까."

아저씨가 다 안다는 듯 윙크를 했다. 순간 민규는 다시 이를 악물어야 했다. 안도의 한숨인지 서러워서 터진 탄식인지 모를 것이, 가슴에서 자꾸 부풀어 넘치고 있기 때문이었다.

"저거 저거, 추워서 이 악문 거 봐라. 가 앉아 있어. 아저씨가 갖다줄게."

민규는 자동인형처럼 아저씨가 시키는 대로 구석의 자기 자리에 가 앉았다. 계산을 해야 한다는 생각이 뒤늦게 떠올랐지만 꼼짝도 하기 싫었다. 무엇보다 터져 나오는 가쁜 숨을 참아 눌러야 했다.

민규는 생각했다. 그동안 얼마나 자신이 잘 견뎌왔는지를.　2 투 플러스 원

39 감사합니다

집에 가기 전 남방을 벗어 건네자 아저씨가 바로 걸쳤다. 자기도 추웠다는 듯 몸을 떠는 시늉을 하면서. 그게 웃겨서 민규가 웃자 아저씨도 웃었다. 특유의 아하하, 아하, 하하, 하는 웃음을 터뜨리며 주먹을 뻗었다. 이번엔 과감히 무시하고 고개 숙여 인사했다.

감사합니다. 갈 데 없이 외로운 저를 신경 써주셔서.

감사합니다. 책과 매점이 있는 도서관을 알려주셔서.　　2 투 플러스 원

마음속 한 문장

40 비교 암, 걱정 독

비교 암, 걱정 독.

엄마가 늘 근배에게 하던 말이었다.

"아들. 비교는 암이고 걱정은 독이야. 안 그래도 힘든 세상살이, 지금의 나만 생각하고 살렴."

2 밤의 편의점

41 진짜 사는 기분

갑자기 사는 기분이 들었다.

그냥 사는 게 아닌 진짜 사는 기분이 배 속 깊은 곳에서부터 멀미처럼 요동
쳐 숨이 다 가빠왔다.

2 밤의 편의점

속상할 땐…… 옥수수수염차

독고 씨에게 이끌려 밖으로 나오자 환한 아침 햇살이 편의점 통창을 통과하고 있었다. 독고 씨는 음료 코너로 가더니 옥수수수염차 하나를 가져왔다.

"속상할 땐 옥수수…… 옥수수수염차 좋아요."

이게 무슨 팝콘 터지는 소린가 의아해하는 그녀에게 독고 씨가 옥수수수염차를 따서 건넸다. 선숙은 잠시 그녀 앞에 놓인 호의를 바라보다가 결국 받아 들고 마셨다. 무엇으로라도 치밀어 오르는 걸 눌러야 했다. 그녀는 옥수수수염차를 한여름의 생맥주처럼 벌컥벌컥 들이켰다. **1** 삼각김밥의 용도

"왜 옥수수수염차였나요?"라는 질문 역시 많이 받았습니다. 독고가 술을 끊기 위해 선택한 음료이자 주변인들에게 마치 힐링 약물이라도 되는 것처럼 건네는 이 음료는 제 머릿속에서 무심코 떠올랐습니다. 보리차나 헛개차, 숙취 해소제 등 비슷한 종류 중 퍼뜩 옥수수수염차가 떠오른 건 이 음료가 제게 강렬한 인상을 주었기 때문입니다.

처음 옥수수수염차라는 이름을 접했을 때 저는 옥수수도 아니고 옥수수수염으로 차를 만든다고? 하는 호기심을 가졌고, 마셔보니 의외로 괜찮다고 느꼈으며, 다소 번거롭지만 말맛이 있는 발음도 좋았습니다.

그렇다고 옥수수수염차를 애용한 건 아닙니다. 저는 숙취를 겪을 때는 헛개차에 손이 갔고 평소에는 커피나 녹차를 선호했거든요. 그런데 한창 집필에 몰두할 때는 이렇게 뜬금없는 녀석들이 불쑥 뇌의 깊은 곳에서 창작의 수면 위로 떠오르곤 합니다. 옥수수수염차는 제 의식 깊은 곳에서 그렇게 숙성되었다가 독고의 음료로 선택되었습니다.

참, 『불편한 편의점』 영미판(『The Second Chance Convenience Store』)에서는 옥

수수수염차를 어떻게 번역했을까 궁금해 찾아보니 'Corn Silk Tea'라고 옮겼더군요. 아주 우아하고 편안한 느낌이라 마음에 들었습니다. 역시 옥수수의 나라 다웠습니다.

천천히 떠올린 생각들

DATE   .   .

3부

우리의 작은 공간

지친 사람들이

마음을 추스르고

다시 나아가게 만드는 문장들

결국 삶은 관계였고 관계는 소통이었다

결국 삶은 관계였고 관계는 소통이었다. 행복은 멀리 있지 않고 내 옆의 사람들과 마음을 나누는 데 있음을 이제 깨달았다. 지난 가을과 겨울을 보낸 ALWAYS편의점에서, 아니 그 전 몇 해를 보내야 했던 서울역의 날들에서, 나는 서서히 배우고 조금씩 익혔다. 가족을 배웅하는 가족들, 연인을 기다리는 연인들, 부모와 동행하던 자녀들, 친구와 어울려 떠나던 친구들……. 나는 그곳에서 꼼짝없이 주저앉은 채 그들을 보며 혼잣말하며 서성였고 괴로워했으며, 간신히 무언가를 깨우친 것이다.

1 ALWAYS

"결국 삶은 관계였고 관계는 소통이었다. 행복은 멀리 있지 않고 내 옆의 사람들과 마음을 나누는 데 있음을 이제 깨달았다." 이 두 문장은 마지막 타이밍, 그러니까 재고의 재고의 재고를 거듭할 즈음(출판업계에서 흔히 말하는 최종교)에 추가됐습니다. 많은 독자들의 공감을 얻어 여러 곳에 인용된 이 문장은 그러니까 독자의 심정으로 최종교를 읽고 나서야 나온 것이었습니다.

사실 작품의 주제를 직설적으로 표현한 문장이라 최종교를 보내고 난 뒤에도 뺄까를 고민했지만, 저 역시 이 문장의 절실함에 기대어 지낼 때라 나누고 싶은 마음이 더 컸음을 밝힙니다. 결국 책은 독서였고 독서는 소통이었다. 행복은 멀리 있지 않고 내 책의 독자들과 마음을 나누는 데 있음을 이제 깨달았…….

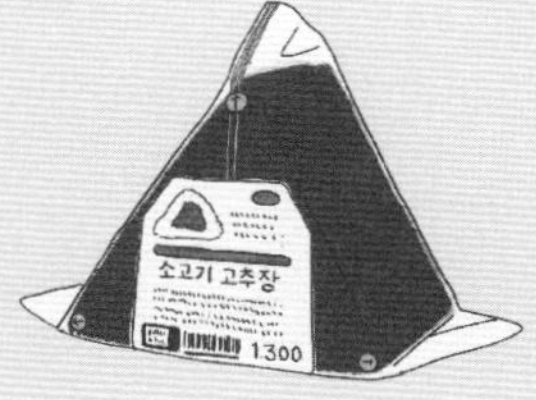

42 폐기 도시락

"근데요 사장님. 생각해보니까 제 시간에만 오는 게, 저녁 여덟 시 폐기 시간 맞춰 오는 거더라고요."

"뭐? 새거 주라고 했잖니?"

"말했죠. 근데 새거 드시라 해도 곧 죽어라 폐기 도시락 먹겠다고 우기더라고요."

"그래도 내가 새거 주겠다고 말했는데…… 성의 없게 되잖아."

"사장님. 그게 쉽지 않은 게요, 그 사람 웅얼웅얼거리며 계속 카운터 앞에서 우겨대면요, 일단 냄새가 나요. 편의점에 큰 똥이 하나 놓여 있는 꼴이라고요. 심지어 그 사람이 카운터에 있는 거 보고 들어오던 손님이 나간 적도 있다고요. 어쩌겠어요? 빨리 치우려면 그 사람 원하는 대로 빨리 줘서 내보내는 방법밖에 없더라고요. 게다가 내보내고 나선 환기도 시켜야 하고요."

"휴. 알겠다."

"제가 보기엔 작정한 거라니까요. 어떻게 귀신같이 알았는지 도시락 폐기 시간 딱 맞춰 오더라니까요."

"……경우가 있어. 역시."

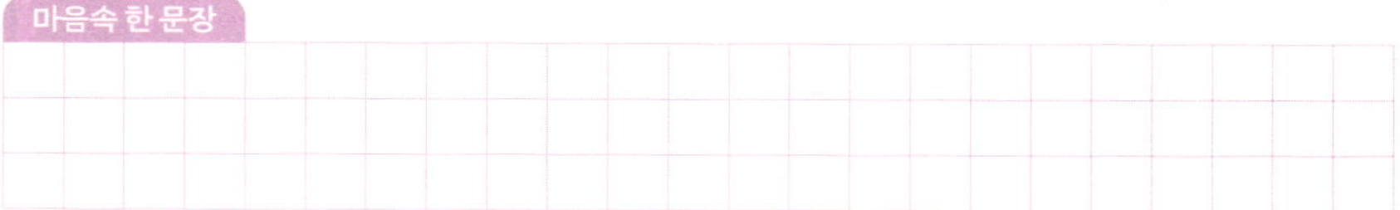

마음속 한 문장

43 직원을 귀하게, 손님을 귀하게

'사장이 직원 귀하게 여기지 않으면 직원도 손님 귀하게 여기지 않는다.'
요식업으로 일가를 이룬 부모님 아래서 자란 시현이 귀가 따갑게 들은 말이다. 가게도 결국 사람 장사다. 손님을 귀하게 대하지 않는 가게와 직원을 귀하게 대하지 않는 사장은 같은 결과를 얻게 된다. 망한다는 말이다. 그런 의미에서 청파동 이 편의점은 적어도 망하지는 않을 것이다.　**1** 산해진미 도시락

“에이. 농담이시죠?”

“진짜야.”

“농담이라고 해주세요. 안 그럼 서운할 거 같거든요.”

“서운하고 서러워야 뒤도 안 돌아보고 나가지. 나가서 다른 곳 가봐야 여기가 그립지. 그리워야 고마움도 더해지고, 안 그러냐?”

“벌써 고맙거든요!”

시현은 눈에서 눈물이 영그는 게 느껴졌다. 노련한 사장님은 웃으며 붕어빵을 다시 와작 씹었다. 시현도 눈물을 참고 붕어빵을 씹었다. 달콤한 팥의 식감이 그녀의 혀를 간질였다.

1 산해진미 도시락

마음속 한 문장

45 반드시 지켜야 할 보금자리

시현은 개인의 꿈이 외교 문제로 무너지는 경험을 하자 비로소 자신이 사회의 일원이라는 느낌이 들었다. 그녀는 촛불을 들거나 축구를 응원하려고 광장에 나가는 사람들과는 자신이 전혀 다른 부류라고 느꼈다. 그녀의 삶은 방 안 구석의 모니터 속에 있었다. 넷플릭스와 인터넷만으로도 충분히 세상을 접하고 인생을 즐길 수 있었고, 자신만의 온실인 편의점에서 편안함을 느끼고 있었다. 그래서일까? 때론 공무원이 되는 것보다 편의점 알바생의 삶이 계속되기를 바라는 걸지 모르겠다는 생각이 들곤 했다. 힘들게 공무원이 되어봤자 결국 좀 더 큰 편의점이 아닐까? 국민의 편의를 봐주는 공간에서 또 다른 제이에스들을 만나는 삶……. 그렇기에 지금 이 익숙한 공간은 시현에게 있어 반드시 지켜야 할 보금자리였다.

1 제이에스 오브 제이에스

마음속 한 문장

46 신선한 변화

피해자는 도둑질을 당하고 김밥으로 얼굴을 강타당한 자신이어야 했다. 하지만 독고 씨가 순식간에 일을 정리해버리는 바람에 제대로 화도 못 내고 말았다. 그런데 보통 이런 경우라면 선숙 씨는 부아가 치밀어 주변 곳곳에 불만을 토로하고 분노를 내뿜었을 텐데, 신기하게도 화가 잦아들었고 딱히 할 말도 떠오르지 않았다.

그저 독고 씨와 '짜몽'이 가난한 부자父子처럼 삼각형 모양 아침을 먹는 걸 바라보았다. 묘한 기분이 들었다. 안도감과 용서, 낯선 흥분이 선숙 씨에게 생동감을 주고 있었다. 자신 역시 이 기묘한 소동극의 삼각형 한 변을 차지한 게 이상하게 재미있다고 느껴져서 삼각김밥을 까며 그들에게 다가가야 하는 게 아닌가 하는 생각이 들 정도였다.

독고 씨는 그동안 짜몽이란 녀석을 챙겨줬겠지. 그렇기에 저 불량한 녀석이 두말 않고 그의 지시를 따르는 것이고……. 선숙 역시 미간이 뻐근하긴 하지만 좀처럼 누굴 봐주는 적이 없는 자신에게 생긴 변화가 신선하게 느껴졌다. 한마디로 기분이 좋아졌다.

■ 삼각김밥의 용도

47 VIP로 컴백한 기분

백곰 사내는 온풍기보다 따뜻한 말을 무뚝뚝하게 내뱉고는 사라졌다. 경만은 한동안 라면이 다 붇는 것도 모르고 소주잔만 비워나갔다.

따뜻했다.

소주도, 그 소주가 담긴 컵도. 사내가 경만을 위해 특별히 마련했다는 온기를 주는 물건도. 경만은 왕따였지만 이곳에서만큼은 왕따가 아니었다. 이놈의 불편한 편의점이 한순간에 자신만의 공간으로 돌아왔다. 경만은 VIP로 컴백한 기분이었다.

순식간에 참참참을 해치웠다. 그는 온기를 더 느끼고 싶었지만 일어나야 한다는 걸 알았다. 그런데 사장이 마치 값을 치러야 한다는 듯 경만 앞에 다시 나타났다. 한 손에는 얼음이 든 것으로 추정되는 종이컵과 다른 손에는 옥수수수염차를 들고서. 오 마이 갓. **1** 원 플러스 원

천천히 떠올린 생각들

DATE　　　　.　　　.

48 지갑 속에서 딸들이 웃고 있었다

사내가 카드를 건넸다. 경만은 겨우 카드를 받기만 했을 뿐 아무것도 할 수 없었다.

"그래서 내가…… 떠봤죠. 얘들아, 이거…… 어, 얼마 한다고. 엄마한테 사 달라고…… 그래. 그러니까…… 걔들이 뭐라고…… 했는지 아세요?"

사내가 너무 느릿느릿 말해 경만은 숨이 다 막힐 지경이었다.

"뭐라고 했는데요?"

"엄마가…… 아빠 힘들게 돈 버니까…… 돈 아껴 써야 한다고…… 편의점에 가면…… 원 플러스 원만 사라고…… 그랬다는 거예요. 거참, 정말 아, 알뜰하다 싶었고…… 애들이 참…… 자알 컸다 싶었죠."

"……"

"어제부로 이 상품 다시…… 원 플러스 원 됐으니까, 오늘은 아버지가 사 가시면…… 되고, 내일부턴 딸들보고…… 사러 오라고 하세요."

경만의 눈에서 눈물이 흘러내리는 걸 본 사내는 헛웃음을 한번 짓더니 계산대 바닥을 통통 두드렸다. 경만은 코트 소매로 눈물을 훔치고, 사내에게 목례를 한 뒤 지갑을 열어 카드를 집어넣었다.

지갑 속에서 딸들이 원 플러스 원으로 웃고 있었다.   **1** 원 플러스 원

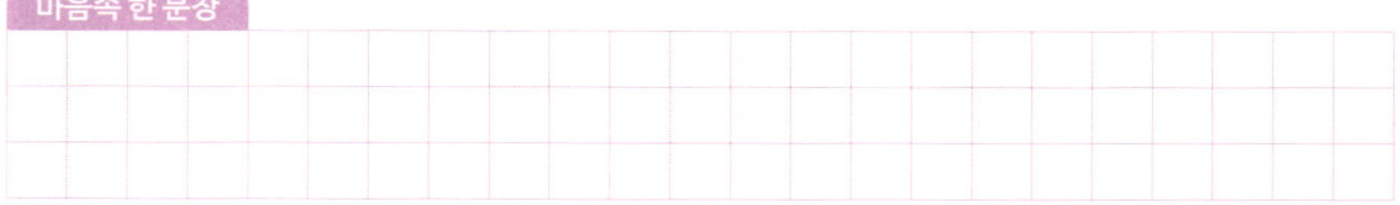

49 좀 불편하네요

“아니, 죄송할 건 없고요…… 좀 불편하네요.”

“어쩌다 보니…… 예, 불편한 편의점이…… 돼버렸습니다.”

사내의 솔직한 고백에 헛웃음이 나왔다. 뭐지? 이런 이색적인 자기 풍자는? 자기가 일하는 편의점을 불편하다고 자처하는 이 중년 사내는 여기에 있기 전 무슨 일을 했을까? 그녀는 사내의 얼굴을 똑바로 바라보았다. 강인해 보이는 하관과 큼직한 코, 반쯤 감긴 눈에 커다란 덩치는 졸린 곰 혹은 지친 오랑우탄을 연상케 했는데, 사내는 그것도 모르고 자신을 바라보는 그녀에게 씨익 웃는 것이 아닌가?

1 불편한 편의점

50 머릿속에 피가 돌기 시작했다

술을 끊고 음식을 많이 먹고 따뜻한 잠을 자게 되자 몸 상태는 한결 나아졌다. 쪽방에서 긴장을 내려놓고 한낮 늘어지게 누워 있으면 그곳이 바로 치료 병동인 듯했고, 야간 알바를 하기 위해 일어날 때면 지병마저 달아난 듯 개운했다. 삶과 죽음의 평균대에서 늘 죽음 쪽에 매달려 있었는데 이제 점점 평균대 위로 올라와 살며시 팔을 벌리고 균형을 잡고 있었다. 그러자 놀랍게도 머릿속에도 피가 돌기 시작했다. 동료의 질문에 답하며 생각의 속도가 빨라졌고, 손님을 응대하며 더듬거리던 말투도 점차 나아지기 시작했다. 한마디로 사람 구실을 하게 됐고 냉동인간의 뇌처럼 얼어 있던 그곳에 열선이 깔리는 게 느껴졌다. 기억과 현실 사이에 놓인 빙벽이 녹아내리고 있었고, 서서히 빙하 속 매머드 같은 덩어리들이 목격되기 시작했다. 내 기억의 시체들, 그것들이 좀비처럼 일어나 나를 덮치고 있었다. 나는 좀비들에게 뜯기면서도 그들의 얼굴을 알아보려 애썼고, 그건 그것대로 견딜 만한 일이었다.

1 ALWAYS

마음속 한 문장

51 더 따뜻한 곳

그저 겨울만 나자고 생각했다. 노인 독고가 죽은 그 겨울이 생각나자 두려웠는지도 모르겠다. 그 굳은 등짝의 차갑고 서늘한 기운이 떠올라 조금이라도 더 따뜻한 곳을 찾게 되었는지 모르겠다. 무엇보다 편의점이 아닌가. 편의점에서 조금이라도 편히 이 겨울을 보내 마지막 기운을 차리자. 봄이 되면 독고라는 호칭마저 버리고 진짜 무명이 되어 하늘로 날아가자. 힘이 남았을 때 서울역을 떠나 이 도시를 가로지르는 큰 강의 다리 한 곳에서 뛰어내리겠다 마음먹었다. 이 겨울 이곳에서 나는 그 뛰어내릴 힘을 벌어보겠다 다짐을 했다.

1 ALWAYS

마음속 한 문장

사장님과 면담을 했다. 아주 사적인 퇴사 사유를 그녀는 묵묵히 들어주었고, 궁금증이 풀린 것만으로도 나를 이해해주었다. 편의점이란 사람들이 수시로 오가는 곳이고 손님이나 점원이나 예외 없이 머물다 가는 공간이란 걸, 물건이든 돈이든 충전을 하고 떠나는 인간들의 주유소라는 걸, 그녀는 잘 알고 있었다. 이 주유소에서 나는 기름만 넣은 것이 아니라 아예 차를 고쳤다. 고쳤으면 떠나야지. 다시 길을 가야지. 그녀가 그렇게 내게 말하는 듯했다.

1 ALWAYS

마음속 한 문장

천천히 떠올린 생각들

DATE   .   .

53 손님이 편하려면

"여러분 이 채널 이름이 편편채널이지만 사실 편의점 일은 힘듭니다. 일이니까요. 무엇보다 손님이 편하려면 직원은 불편해야 하고요. 불편하고 힘들어야 서비스 받는 사람은 편하지요. 저는 이걸 깨닫는 데에만 1년이 걸렸어요. 여러분도 짧은 알바 기간일지라도 불편함을 감수하고 손님에게 편의를 제공하세요. 저는 그런 불편한 여러분을 조금이라도 편하게 해드리겠습니다. 이상 오늘의 편편채널이었어요." **1** ALWAYS

54 손님한테 하듯

"자네는 가족이 있나?"

쓸쓸한 눈빛이었다. 나는 고개만 끄덕였다.

"가족들에게 평생 모질게 굴었네. 너무 후회가 돼. 이제 만나더라도 어떻게 대해야 할지 모르겠어."

나는 질문에 대답하려 애썼다. 나 자신에 대한 질문이기도 했기 때문이었는데, 그래서일까 무어라 말이 터지질 않았다. 내가 쓸쓸한 표정으로 아무 말도 못 하자 그는 괜한 말을 했다는 듯 손사래를 치고 컵라면 그릇과 함께 몸을 돌렸다.

"손님한테 하듯…… 하세요."

불쑥 튀어나온 말에 그가 나를 돌아보았다.

"손님한테…… 친절하게 하시던데…… 가족한테도…… 손님한테 하듯 하세요. 그럼…… 될 겁니다."

"손님에게라……. 그렇군. 여기서 접객을 더 배워야겠네."

곽 씨가 고맙다는 말을 덧붙이고는 뒷모습을 보였다. 따지고 보면 가족도 인생이란 여정에서 만난 서로의 손님 아닌가? 귀빈이건 불청객이건 손님으로만 대해도 서로 상처 주는 일은 없을 터였다.

1 ALWAYS

마음속 한 문장

55 학생 꿈이 뭐야?

“속 얘기를 나눌 누군가가 바로 친구인 거지. 학생도 친구 있지?”

“……아뇨.”

“저런. 그럼 이 책에서처럼 나무한테 이름을 붙이고 친구를 삼도록 해. 저기 서울역 가는 길에 은행나무도 괜찮고, 아니면 효창공원에 가서 나무 하나 골라 친구 해.”

“제가 알아서 할게요.”

“아, 내가 또 말이 많았구나. 아하하. 너는 책을 읽을 줄 아는 아이니까 대화가 잘될 줄 알았거든. 원래 책을 읽고 나면 감상을 사람들이랑 나누고 싶다고. 그래서 독서토론 같은 걸 하면 좋단다.”

“독서토론 해요. 학교에서. 도서반이어서.”

“이야, 정말 대단한 학생이구나! 그래, 학생 꿈이 뭐야? 도서관 사서? 독서 지도 선생님? 아니면 혹시…… 작가?”

“편의점 알바요.”

“응?”

“아저씨 같은 편의점 알바요.”

2 투 플러스 원

56 나답게 사는 것

"허무해요."

"그래도 내 안에 뭐가 있는지 찾으려고 애써야 한다니까. 내가 잘하는 것과 내가 좋아하는 걸 알아내기만 하면, 조금은 나답게 살 수 있다고."

"특기와 꿈을 결합시켜서요?"

"그렇지! 남에게 중요한 게 나한테는 안 중요할 수 있잖아. 말하자면 가치가 다른 거지. 아저씨는 최저시급을 받으며 편의점 알바를 하지만 괜찮아. 돈이 그렇게 중요하지 않거든."

"맙소사. 어떻게 돈이 안 중요해요!"

"진짜 안 중요해. 그러니까 너한테 오늘 독서토론 잘했다고 간식도 막 사줄 수 있다고. 자, 뭐 먹을래?"

2 투 플러스 원

57 편의점은 만화점

"백화점은 한마디로 상품이 백 개는 된다는 거잖아요. 그렇게 비유하자면 편의점은 만화점이라고 난 봐요. 백화점에서 파는 고급 제품 백 개 대신, 잡다하지만 사는 데 꼭 필요한 물건이 만 개는 있지요."

"만화점이라…… 재밌는데요. 만화책도 있을 것 같고. 하하."

곽 선생은 이미 근배를 파악했는지 반응하지 않고 말을 이어나갔다.

"그리고 백화점이 영어로 디파트먼트 스토업니다. 백화점은 물건이 많지만 파트가 나뉘어 있어 해당 점원이 자기 파트만 담당하면 되죠. 하지만 편의점은 혼자서 수많은 물건을 팔아야 합니다. 그러니 일이 쉽지 않겠죠? 나도 편의점 알바를 하면서 세상에는 사소한 일 같아도 필요하지 않은 일이 없구나 느끼며 많이 배웠습니다."

2 밤의 편의점

마음속 한 문장

천천히 떠올린 생각들

DATE　　　　　.　　　.

58 새벽의 편의점

"형은 새벽에 혼자 있을 때 뭐 했어?"

민식이 물었다.

"생각했지. 이것저것."

금보 형이 답했다.

"무슨 생각 많이 했어?"

민식이 물었다.

"……엄마 생각. 새벽의 편의점은 엄마 생각하기 좋아."

금보 형이 답했다. 민식은 말없이 고개를 끄덕였다. 2 오너 알바

59 삶이란 그런 것

삶이란 때론 그런 것이다. 살 만큼 살았으면 우리를 기다리는 것은 죽음이
지 열망하는 무언가가 아닐지도 모른다.

2 ALWAYS

60 나에게 11월은

나이가 들면서 언제부터인가 11월이 오기를 기다리게 되었다. 젊은 시절에는 5월을 가장 좋아했는데, 어느새 11월이 가장 좋아하는 달로 바뀌어 있었다. 1년 열두 계절이 인간의 일생과 닮아서일까? 젊을 때는 그래서 봄을 좋아하고 나이가 든 지금은 마지막을 하나 앞둔 달이 좋은 것일까? 딱히 알 수 없는 조화였지만 이제 나에게 11월은 스산하고 쓸쓸한 기운과 함께 묘한 설렘이 더해진 계절이었다.

61 심장이 빠르게 뛰고 있었다

자료와 함께 그녀의 설명을 듣는 내 심장이 빠르게 뛰고 있었다. 마치 나 자신이 무대에 선 것처럼 무언가 알 수 없는 감정이 들끓어 올라왔다. 이들 꿈꾸는 사람들의 열정이 나의 편의점에서 시작되었고, 지금 이렇게 돌고 돌아 다시 나에게 왔다는 사실이…… 생전 느껴보지 못한 묘한 감정을 불러일으키고 있었다.

"이제 내가 할 게 뭐죠? 무얼 해주면 좋겠어요?"

정 작가와 사내가 서로를 돌아본 뒤 동시에 나를 바라보았다.

"개막 공연에 와주셨으면 해요. 좋은 자리를 마련해 드릴게요." 2 ALWAYS

영상을 되감기하듯 편의점에서 있었던 일들을 떠올리면 떠올릴수록 시현은 훈훈해졌다. 좌절해 있을 때 신 선생님이 번역한 그 드라마를 못 봤다면? 그걸 보고도 연락할 용기를 내지 못했다면? 실력을 더 키우기 위해 남영동 일본어 학원에 등록하지 않았다면? 일본어 학원에서 가까운 ALWAYS편의점에 찾아갈 용기를 내지 못했다면?

이 모든 게 맞물려 준성을 다시 만났고, 사장님과도 재회할 수 있었다. 좋은 관계는 절로 맺어지지 않는다. 스스로 살피고 찾으려는 노력이 필요하다. 초식동물 같은 시현은 늘 조심스러웠다. 하지만 조심스러웠기에 주의 깊었고, 자신에게 호의를 지닌 상대방의 진심을 알아채는 데 민감했다. 신 선생님도 염 사장님도 그래서 인연이 이어진 게 아닐까?

'사람'을 뺀 남자친구 역시 말이다.

2 불편한 편의점

마음속 한 문장

참참참의 탄생

오늘 밤은 '참참참'이다. 지난 몇 개월간 선택해온 경만의 최적의 조합이 바로 이것이었다. 참깨라면과 참치김밥에 참이슬. 이것이 경만의 1선발이자 절대 후회하지 않을 하루의 마감이고 빈자의 혼술상 최고 가성비가 아닐 수 없었다.

1 원 플러스 원

경만의 캐릭터를 잡으며 이 사람은 무엇을 먹고 마실까를 생각했습니다. #소시민 #샐러리맨 #가장 #가난 #애주가 #야식 #딸바보 #중년의 위기 등의 태그를 떠올리다 보니, 편의점에서 이 캐릭터가 고를 수 있는 음식은 편의점 도시락 아니면 컵라면+삼각김밥이라는 생각이 들었습니다. 이중 편의점 도시락은 독고 캐릭터가 선점했으니 경만에게는 컵라면+삼각김밥을 제공하기로 했지요.

'참참참'은 전적으로 제 취향이 반영된 선택이었습니다. 참깨 라면의 계란 블록을 훌륭한 발명품이라고 생각하는 저로서는 참깨 라면을 포기할 수 없었고, 참이슬 소주 역시 저의 오랜 친구여서 '참참'이 되었습니다. 여기에 삼각김밥을 포함해 '참참삼'이었습니다. 그런데 명명이 좀 어색해 저는 고민 끝에 삼각김밥 대신 참크래커를 넣어 '참참참'을 완성했습니다.

여전히 아쉬웠습니다. 처음에 구상한 컵라면+삼각김밥 조합이 그리웠고, 참크래커는 맛있지만 라면과 소주와의 궁합은 어쩐지 맞지 않아 보였거든요.

그러던 어느 날 김밥집에서 참치김밥을 주문하다가 화들짝 놀라 헛웃음이 나왔습니다. 편의점에서도 참치김밥을 파는데 왜 참치김밥이 떠오르지 않았던 걸까요? 삼각김밥도 참크래커도 좋지만 참치김밥으로 경만의 혼술상을 풍성하게 만들어주기로 했습니다. '참참참'이란 귀에 쏙 들어오는 명칭도 완성되었습니다. 그러자 이야기가 영글어가는 게 느껴졌습니다.

천천히 떠올린 생각들

DATE   .   .

4부

편의점 너머로

우리의 등을 쓰다듬으며

조금 더 멀리

조금 더 깊은 곳으로

안내하는 문장들

강과 다리

기차가 한강철교에 올랐다. 오전 햇살이 물의 표면에 반사되어 생동감 넘치게 빛나고 있었다.

노숙자로 자리 잡은 뒤론 서울역과 그 주변을 벗어나지 않았다고 말했지만 사실 딱 한 번 한강에 간 적이 있었다. 다리에 올라 몸을 던지려 했다. 실패했다. 사실 올겨울을 편의점에서 보내고 나면 마포대교 혹은 원효대교에서 뛰어내릴 계획이었다. 하지만 지금은 알 것 같다.

강은 빠지는 곳이 아니라 건너가는 곳임을.

다리는 건너는 곳이지 뛰어내리는 곳이 아님을.

눈물이 멈추지 않았다. 부끄럽지만 살기로 했다. 죄스러움을 지니고 있기로 했다. 도울 것을 돕고 나눌 것을 나누고 내 몫의 욕심을 가지지 않겠다. 나만 살리려던 기술로 남을 살리기 위해 애쓸 것이다. 사죄하기 위해 가족을 찾을 것이다. 만나길 원하지 않는다면 사죄의 마음을 다지며 돌아설 것이다. 삶이란 어떻게든 의미를 지니고 계속된다는 것을 기억하며, 겨우 살아가야겠다.

기차가 강을 건넜다. 눈물이 멈췄다.

집필 당시 인용구 속 두 문장을 수십 번 고쳐 썼습니다. 마침표와 쉼표를 어떻게 쓸지도 많이 고민했습니다. 결국 마지막으로 네 가지 버전이 남았습니다.

1) 강은 빠지는 곳이 아니라 건너는 곳임을.
   다리는 건너는 곳이지 뛰어내리는 곳이 아님을.

2) 강은 빠지는 곳이 아니라 건너가는 곳임을.
   다리는 건너는 곳이지 뛰어내리는 곳이 아님을.

3) 강은 빠지는 곳이 아니라 건너는 곳임을.
   다리는 뛰어내리는 곳이 아니라 건너는 곳임을.

4) 강은 빠지는 곳이 아니라 건너가는 곳임을.
   다리는 뛰어내리는 곳이 아니라 건너가는 곳임을.

무엇이 좋은지는 여전히 알 도리가 없습니다. 그저 마감에 맞춰 선택했을 뿐이죠. 독자 여러분은 위 네 가지 버전 중 자신의 선택을 필사본에 적용해보셔도 좋을 듯합니다.

63 상처를 돌아볼 용기와 힘

캐릭터는 결국 과거의 끔찍한 감정적 상처를 받은 경험이 있고, 그런 상황에서 무엇을 지키고자 했는가가 그의 앞날이 된다. 독고 씨는 눈을 감았고 등을 돌렸다. 하지만 현재 그는 회복되고 있으며 사람들과의 소통을 통해 상처를 돌아볼 용기와 힘을 조금씩 채우고 있었다.

상처를 돌아보고 그것을 이겨내기 위한 노력 혹은 욕망이 그 사람의 원동력이 되고 캐릭터가 된다. 캐릭터를 보여주려면 캐릭터가 선택의 갈림길에서 어떤 길로 가느냐를 보여주면 된다. 독고 씨는 편의점 사장의 도움을 받아 서울역에서 나왔고, 사회에 재진입해 자신의 트라우마를 직면하려고 애쓰고 있었다.

1 불편한 편의점

마음속 한 문장

당신이 오랜 시간 궁리하고 고민해왔다면, 그것에 대해 툭 건드리기만 해도 튀어나올 만큼 생각의 덩어리를 키웠다면, 이제 할 일은 타자수가 되어 열심히 자판을 누르는 게 작가의 남은 본분이다. 생각의 속도를 손가락이 따라가지 못할 정도가 되면 당신은 잘하고 있는 것이다. **1** 불편한 편의점

마음속 한 문장

병원을 나와 정신없이 걷다 보니 동호대교 밑이었다. 곽은 계단을 지나 다리 위를 걸었다. 칼바람이 그의 얼굴을 세차게 때렸고 강의 남쪽에서 북쪽까지는 한없이 멀어 보였다. 곽은 잠시 멈춰 선 채 강을 내려다보았다. 검푸른 강물은 거역할 수 없는 시간의 흐름처럼 서서히 움직이고 있었다. 곽은 문득 그 흐름에 합류하고 싶다는 생각이 들었다. 뛰어내릴까? 자기 하나 사라져도 변할 것 없는 세상이다. 무능력하고 쓸모없어진 자신이 앞으로 당할 멸시와 천대를 방금 전 병원에서 영화 예고편 보듯 경험했다. 치욕스러웠다. 곽은 지갑에서 신분증을 꺼냈다. 가짜 신분증은 40대 전성기 경찰 시절 그의 얼굴을 담고 있었지만 이제는 구차하고 억지스러운 거짓부렁에 지나지 않았다.

그는 자신의 몸뚱어리 대신 신분증을 한강으로 추락시키고 나서야 발걸음을 뗄 수 있었다.

1 폐기 상품이지만 아직 괜찮아

마음속 한 문장

66 그를 기억하기 위해

그와 그렇게 1년 남짓 세상사를 떠들다 보니 많은 것을 배울 수 있었다. 그 배움은 이전에 내가 알던 것과는 다른 종류의 것이었는데, 대부분 잡다하고 너저분한 사람들의 사연과 감정이었고 나는 어느새 그것에 대해 실감할 수 있게 되었다. 노인과 내가 유일하게 나누지 못한 것은 서로의 과거 이야기. 그것은 알지도 못하고 알아도 나눌 수 없는 불문율처럼 그와 나 사이에 봉인된 채 놓여 있었다.

서울역에 자리한 지 2년쯤, 노인을 안 지는 1년 6개월 되던 어느 날, 그는 내 옆에 웅크린 채 죽어갔다. 나는 그의 죽음 옆에서 아무것도 할 수 없었다. 인공호흡을 할 것인가? 구급차를 부를 것인가? 그날의 새벽, 나는 그가 죽어가는 것을 느끼면서도 등을 기대 누운 채 내 몸의 온기를 나눠줄 뿐이었다. 전날 그의 유언 같은 한마디만을 되뇌며.

독고. 노인은 자신을 독고라고 밝히며 기억해 달라고 했다. 젠장. 그는 독고가 이름인지 성인지 덧붙일 기력이 없었고 나 역시 물어볼 의욕이 없었다. 다음 날 아침, 독고는 죽었고 나는 그를 기억하기 위해 독고가 되었다.

1 ALWAYS

내 머릿속에서도 전염병이 돌듯 하나의 생각만이 나를 잠식하고 있었다. 전염병 같은 기억들이 내게 진짜 삶을 선택해야 할 때라고 외치고 있었다. 신기했다. 죽음이 창궐하자 삶이 보였다. 나는 마지막 삶이어도 좋을 그 삶을 찾으러 가야 했다.

1 ALWAYS

마음속 한 문장

정 작가가 마스크 위로 초롱초롱한 눈동자를 빛내며 말했다. 자신의 비극을 웃으며 말하는 그녀의 모습에서 알찬 기운이 느껴졌다. 그건 꿈을 품고 사는 사람이 가진 힘이 아닐까? 새벽의 편의점에서 우리는 이야기했다. 그녀는 내 과거를 캐내기 위해 자신의 과거도 많이 털어놓았다. 나는 자기가 하고자 하는 일에 절대 지치지 않는 그녀의 에너지가 부러웠다. 그래서 물었다. 대체 당신을 지탱하는 힘은 무엇이냐고? 그녀가 말했다. 인생은 원래 문제 해결의 연속이니까요. 그리고 어차피 풀어야 할 문제라면, 그나마 괜찮은 문제를 고르려고 노력할 따름이고요.

"독고 씨, 기억은 좀 돌아왔나요? 내 작품 속 독고 씨 캐릭터는 기억이 돌아왔는데."

"작가님이 그렇게 써줘 그런가…… 많이 돌아왔습니다. 고마워요."

정 작가가 주먹을 들어 보였다. 코로나 시대의 악수법. 나는 그녀의 주먹에 내 주먹을 마주쳤다. 그녀가 쓴 기억과 내 기억을 마주쳐보진 않았다. 그럴 필요가 없다는 걸 우리 둘 모두 알고 있었다.

1 ALWAYS

<table><tr><td>마음속 한 문장</td></tr></table>

천천히 떠올린 생각들

DATE   .   .

나는 눈물을 참고 파카 속 깊은 곳으로 손을 넣었다. 그곳에서 칼이 아닌 꽃을 꺼냈다. 어제 구입해놓은 붙이는 조화였다. 나는 붉게 빛나는 가짜 꽃을 그녀의 작은 공간에 부착했다. 그리고 어찌할 바를 모른 채 서 있었다. 다시 눈물이 흐르기 시작했다.

누군가 드나드는 소리가 들렸고 나는 젖은 마스크로 입을 가리며 고개를 숙였다. 눈물이 흐르는 눈을 감고는 빌고 또 빌었다. 미안합니다. 정말…… 잘못했습니다. 저를 용서……하지 마세요. 그곳에서…… 평안하세요. 부디…… 평안하시길…… 기원합니다.

1 ALWAYS

마음속 한 문장

"마스크가 불편하다 코로나에 이거저거 다 불편하다 나 하고 싶은 대로 할 거야 떠들잖아. 근데 세상이 원래 그래. 사는 건 불편한 거야."

"그런 거…… 같아요."

"그거 알아? 동네 사람들이 원래 우리 편의점 불편한 편의점이라고 불렀어."

"알고…… 계셨군요."

"그럼. 진열해놓은 물건 종류도 적고 이벤트도 다른 데 비하면 없는 편이고. 동네 구멍가게처럼 흥정이 되는 것도 아니고, 아무튼 불편했다더라고."

"불편한…… 편의점……."

"자네 오고 그나마 편해졌지. 손님들도, 나도. 근데 이제 다시 불편해질 거 같아."

"왜……죠?"

"왜긴. 대구에서 볼일 마치면 돌아와."

나는 대답 대신 어색한 미소로 사장님께 답했다. 답이 됐는지 그녀가 내 등을 툭 쳤다.

1 ALWAYS

마음속 한 문장

"아니야. 자네는 말이 많지만 남에게 해되는 말을 하는 사람이 아니야. 내가 말을 아낀 건 말로 사람에게 상처를 주곤 해서야. 그저 과묵한 게 남에게 피해를 덜 주는 거더군."

곽 선생이 들고 있던 잔이 기억났다는 듯 뒤늦게 소주를 비웠다.

"하지만 배워야 했네. 사람과 사람을 연결하는 재료는 말이었어. 점장님의 두서없이 늘어놓는 이야기는 잔소리 같지만 사실은 배려라네. 자네의 수다 역시 나쁜 의도가 아니란 걸 알고 있고. 나는 그렇게 할 말재주도 심성도 부족했던 것이고."

잠시 회한에 빠진 듯 곽 선생이 시선을 돌렸다. 근배는 그의 잔을 다시 채워 주었다.

2 밤의 편의점

72 엄마가 남겨준 말

살았다. 살아지더라. 걱정 따위 지우고 비교 따위 버리니, 암 걸릴 일도 독
퍼질 일도 없더라. 물론 근배에게 산다는 건 걱정거리로 가득했고 사람들의
하대는 피할 수 없는 일이었다. 하지만 그럴 때마다 엄마가 남겨준 말을 꼭
꼭 씹었다. 하대는 상대방의 시선에서 나온 비교였고, 비교를 거부하자 아
무것도 아니게 되었다. 담담하게 대응하는 근배를 사람들은 더 이상 함부로
대하지 못했다. 걱정 또한 지금 현재의 일에만 집중하겠다고 마음먹자 실재
하지 않는 허상에 불과해졌다.

2 밤의 편의점

73 비 오는 대학로 뒷골목에서

그날 비 오는 대학로 뒷골목에서 엄마와 파전에 막걸리를 마시던 순간을 근배는 잊을 수 없었다. 우산을 엄마 쪽으로 더 기울이고 혜화역으로 간 것, 지하철을 타고 신용산역에서 내려 다시 엄마와 우산을 쓰고 용산역에 간 것, KTX에 타는 엄마를 마지막까지 배웅한 것까지, 모두 언제라도 틀면 하이라이트 필름처럼 그의 머리에서 재생할 수 있었다.

헤어지며 엄마는 말했다. 다음에는 탈바가지 안 쓰고 잘난 얼굴로 무대에 서라고. 그런 공연을 하면 그때 다시 불러달라고 요청했고, 근배는 착한 아들이 되어 고개를 힘차게 끄덕였다.

2 밤의 편의점

하지만 엄마가 다시 서울에 온 건 근배의 연극을 보기 위해서가 아니었다. 엄마는 병들어 있었다. 서울의 큰 병원에서만 다룰 수 있는 병이었고, 장기 치료가 필요한 상황이었다. 그 순간 근배의 삶은 멈춰버렸다. 2인 3각 달리기를 하던 중 다리가 엇갈려 넘어졌고, 둘만이 운동장에 주저앉아 흙먼지를 마시고 있는 것 같았다.

항암 치료는 쉽지 않았다. 근배는 모든 걸 작파하고 6인 병실의 엄마를 간병했다. 엄마 침대 아래의 보조 침대에 큰 몸을 웅크리고 누운 채 함께 밤을 보냈다.

치료 후 근배의 남창동 옥탑방에 머물며 엄마는 만족스러워했다. 예전 이 근처 동네에 살 때는 내가 너를 돌봤는데 이제 네가 날 돌본다고 말하기도 했다. 근배는 항암 모자를 써서인지 인상이 변한 엄마를 마주할 때마다 탈을 쓴 무대 위 자신 같다고 느꼈다. 이건 가짜라고, 엄마의 진짜 얼굴이 다시 드러날 거라고 애원하듯 믿었다.

2 밤의 편의점

마음속 한 문장

천천히 떠올린 생각들

DATE　　　　.　　.

75 어서 오렴

고통스러웠다. 죄스러웠다. 어떻게든 되돌려야 했다.

[…]

민식은 떨리는 목소리를 다잡으며 말했다.

"엄마. 이제 돌아와."

엄마는 말이 없었다.

"내가 데리러 갈게. 내일이라도 당장. 내가 이제 낮에 자고 밤에 일하러 가니, 엄마랑 집에서 마주칠 일 별로 없어. 엄마, 나 이제 편의점 도시락도 잘 먹어. 밥 차려줄 것도 없고 가게 팔겠다고 설치지도 않을게. 그러니까 이제 돌아와. 내가 데리러 갈게. 응?"

여전히 전화기 너머에는 침묵이 그득했다. 민식은 울먹임이 저 너머로 들리지 않게 이를 악물었다. 그때 엄마의 차분한 목소리가 들려왔다.

"데리러 갈게 아니고, 모시러 갈게라고 해야지."

"으응. 모시러 갈게. 엄마 모시러 갈게요!"

이번에도 짧은 침묵이 흘렀다. 잠시 뒤 다시 엄마의 목소리가 들려왔다.

"어서 오렴."

2 오너 알바

행복했냐고? 모르겠다. 행복은 바라지도 않는다. 삶의 순간순간에 만족하는 찰나가 잦길 바랄 뿐이다. **2** ALWAYS

다시 일어나 돌아가야 했다. 사람은 일어나면 가만히 서 있지 않는다. 일어나면 움직이게 되어 있고 어떻게든 앞으로 걸어가게 되어 있다. 그것이 재기이고, 정신을 차리고 내가 가야 할 길이었다.

2 ALWAYS

마음속 한 문장

78 스스로의 변화

변화. 누가 시켜서 되는 게 아닌 스스로의 변화 말이다. 사람은 변화를 싫어하는 게 아니라 누군가에 의해 변화를 요구받는 게 싫은 거라는 말을 들은 적이 있다. 그래서 바뀔 것을 요구하기보다는 기다려주며 넌지시 도와야 했다.

2 ALWAYS

마음속 한 문장

79 이 극은 내 삶이다

발소리와 웅성거림과 함께 관객들이 몰려들기 시작했다. 그들이 편의점의 출입문을 열고 들어오는 손님들처럼 느껴졌다. 이윽고 조명이 꺼지고 어둠이 덮이자 극장 안 역시 비좁고 불편한 청파동의 한 편의점으로 재탄생했다.

나는 실감하기 시작했다. 이 극은 내 삶이다. 내 삶은 이 극으로 영원히 기억될 것이다. 내 머릿속에서 사라지더라도 오늘 이 관객들의 기억 속에서 언제나 재현될 것이다.

딸랑.

편의점 유리문이 열리는 소리가 들리며 무대가 환해졌다. 막이 올랐다.

공연을 관람한다는 것이 삶을 경험한다는 것임을 깨달았다. **2** ALWAYS

80 살아 있어줘 고맙네

곧 빛이 닿지 않는 관객석 뒤, 어떤 사내의 형체가 눈에 들어왔다. 그가 한 발 앞으로 나왔고 그제야 제대로 시선이 교차되었다. 그는 내게 자기를 알리려는 듯 마스크를 벗어 보이곤 입꼬리를 살짝 올렸다. 그리고 다시 들릴 듯 말 듯 한 목소리로 말했다.

"잘 지내셨어요? 사장님."

나는 무어라 할 것 없이 그리로 향했다. 관객석을 돌아 마주 오는 그에게 잰걸음으로 다가갔다. 손을 내밀었다. 그가 내 손을 잡고는 소리 없는 웃음을 보여주었다. 나는 빠르게 뛰는 심장을 다스려야 했다.

"저 누군지 알아보시겠어요?"

"……누구긴 누구야. 나 도와주는 사람이지."

한없이 다정한 표정으로 나는 그를 살폈다. 독고 씨가 큰 덩치를 숙여 나를 가만히 안아주었다. 나도 그의 등을 안은 채 다독였다. 그리고 힘써 발음했다.

"살아 있었네. 그래. 살아 있어줘 고맙네."

박수 소리가 잦아들며 극장 전체가 환해졌다. 하지만 독고 씨와 나의 무대는 이제 막 시작된 것만 같았다.

마음속 한 문장

웃음 바이러스

사람들은 전염된 듯 웃고 있었다. 아니, 웃음이야말로 지구 최강의 전염병이라고 했던가? 지금 여기, 사람들은 코로나보다 백배 천배는 강력한 웃음 바이러스를 퍼뜨리고 있었다. D-Day는 No Mask Day였다. 마스크가 없어 더 돋보이는 웃음이, 마스크가 없어 더 빠르게 전염되고 있었다.

돌아보니 준성 역시 웃고 있었다. 시현은 그의 어깨를 톡톡 두드렸다. 고개를 돌린 준성이 그녀만을 위한 웃음을 보여주었다. 시현도 웃었다. 그리고 다짐했다. 언젠가 또 다른 전염병이 찾아와 우리를 아프고 불편하게 할지라도 웃을 것이라고.

옆에서 미소를 나눌 누군가를 소중히 여기며 함께 웃겠다고. **2** 불편한 편의점

　2편을 마무리하며 에필로그가 필요할지 생각해보았고, 코로나가 시작되며 1편이 끝났기에 코로나가 끝난다는 설정의 에필로그를 넣기로 했습니다. 그렇다면 주인공은 누구여야 할까? 여러 인물을 생각하다가 시현을 세우기로 했습니다. 시현은 1편에서 제법 공감을 많이 얻은 캐릭터이기도 하고 저 역시 어떻게 지내고 있을지 안부가 궁금한 인물이었습니다.

　시현의 현재 생활과 변함없는 ALWAYS편의점의 모습, 염 여사의 근황으로 에필로그를 구성했습니다. 그런데 코로나가 끝나는 D-Day의 풍경을 묘사하는 마지막 부분에서 좀처럼 그림이 잘 그려지지 않았습니다. 그때 웃음에는 전염성이 있다는 말이 떠올랐고, 시현과 준성 그리고 거리의 사람들이 함께 랜덤 플레이라도 하듯 전염된 웃음을 터뜨린다는 아이디어가 떠올랐습니다. 지독한 전염병 코로나와 행복한 전염인 웃음을 엮어 마지막 구문을 완성했습니다.

　"언젠가 또 다른 전염병이 찾아와 우리를 아프고 불편하게 할지라도 웃을 것이라고.

옆에서 미소를 나눌 누군가를 소중히 여기며 함께 웃겠다고.”

마침표를 찍고 나서 저도 웃었습니다. 웃음에 대한 문장을 쓰는 것만으로도 전염이 된 걸까요? 그렇게 말하면 멋있겠지만, 사실은 원고를 끝냈다는 기분에 절로 웃음이 터진 것이었습니다.

필사집의 마침표를 찍은 당신도 마음껏 웃으셨으면 합니다.

천천히 떠올린 생각들

DATE   .   .

불편한 편의점 필사집

초판 1쇄 발행 2025년 12월 24일

지은이 김호연
펴낸이 이수철
주 간 하지순
기 획 전강산
디자인 박예진
영업관리 최후신
콘텐츠개발 전강산, 최진영, 하영주
영상콘텐츠기획 김남규
제 작 서동관
관 리 진호, 황정빈, 전수연

펴낸곳 (주)픽셀앤플로우
출판등록 제2025-000171호
주소 (10449) 경기도 고양시 일산동구 호수로 358-39 동문타워1차 703호
전화 02) 790-6630 팩스 02) 718-5752
전자우편 namubench9@naver.com
인스타그램 @namu_bench

© 김호연, 2025

ISBN 979-11-24185-03-2 03800